JN242676

ときどきね
思うの…

ジャミンタ姫

ただの
ぐうぜんじゃなく
エラ姫
アミーナ姫
フレイア姫
イザベラ姫

この広い世界で
心から
うちこめるものに
出会ったこと、

→めくってね
大切にしたい友情に
めぐまれたこと…
そのすべてが

運命の魔法かも
しれないって。
マヤ姫
サマー姫
ロザリンド姫
ナッティ姫

ジュエルのくれた
ルル姫
クララベル姫
ユリア姫

王女さまの友情の活動

ティアラ会 7つの約束

1…王女としてのほこりを忘れないこと

2…正しいことをつらぬくこと

3…おたがいを信じ、みとめあうこと

4…こまったことやなやみが生まれたら、わかちあうこと

5…友のピンチにはかけつけること

6…自分らしく、おしゃれをすること

7…動物には愛情をそそぎ、力をつくして守ること

星(ほし)のジュエル
運命(うんめい)のジュエル

原作 ポーラ・ハリソン
企画・構成 チーム151E☆

学研

今回は、魔法のパワーを持つ
運命のジュエルに出会うお話……！

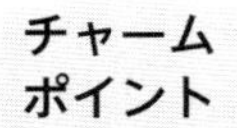

オニカ王国の　ジャミンタ姫

チャームポイント
つややかな
ストレートヘア。
りんとしたひとみ

ティアラ
クリスタルのお花が
あしらわれている

小指のジュエル
深いグリーンの
エメラルド

得意なこと
魔法のジュエルを
つくること

好きなこと
自分の知らない
ものを研究したり
調べたりすること

性格
頭がよくて
しっかりもの。
意志が強い

知りたいこと
10年まえに
宮殿からぬすまれた
たからもののゆくえ

すんでいる国
オニカ王国。
ジュエルづくりが
さかん

にが手なこと
気持ちを
言葉にすること

家族
おじいさま…チョウ皇帝
お父さま…オニカ王国の国王
お母さま…
オニカ王国の王妃

宮殿につかえ
ジュエルにくわしい

お祝いのお祭りに
まねかれた客

おさない
ときに
教(おし)えてもらった

ひみつよ…

ジュエルってね

まよいのない

すんだ心にだけ
運命のパワーを
さずけてくれるの！

Onica
オニカ

星のジュエル 運命のジュエル

星のジュエル　運命のジュエル

もくじ

1 運命のはじまり

赤いルビーやブルーのサファイア、とうめいのクリスタル……ここオニカ王国は、ジュエル（宝石）のもととなる天然の〝原石〟にめぐまれた、とても美しい国です。

古くから、石を加工し、宝石にかえるジュエルづくりでさかえてきました。

国のたからものは〝オニカ・ハートクリスタル〟という四つのジュエル。

〝心の形〟をあらわすハート形をしたクリスタルで、よくみると、すきとおったハートの中心に、ほのおのようなきらめきがみえるといいます。

さらに〝人の心にあるほんとうの気持ちをみぬく〟魔法のパワーを持っていて、長い間、宮殿の大広間にあるケースにおさめられ、大切に守られてきました。

ハートクリスタルが正しい場所にあるかぎり、オニカ王国の人びとは、心をまどわされずにすごすことができる、と信じられていたのです。

ところが……。

悲しいことに、十年まえの朝、クリスタルは何者かにぬすまれてしまいました。

どれだけさがしても犯人はみつからず、ずっとゆくえ不明のまま……。

大広間では、からっぽのケースがクリスタルのかえりを待っているかのよう。
以来、国の人びとの心にはまよいが生まれ、よい心の持ち主か、わるい心の持ち主かをみぬくことができなくなったり、みためや地位がりっぱなことにまどわ

されたり、うわべをとりつくろったでまかせ、心ないうわさ話を信じたりするようになっていきました。

正しいかどうかを、自分で考えて判断できなくなってしまったのです。

「ハートクリスタルを失ってから、わが国はかわってしまった……」

オニカ王国の代表であるチョウ皇帝は、そういって、なげきました。

〝オニカ・ハートクリスタル〟がぬすまれた日から、十年がすぎ……あのころ、まだちいさかった王女さまは、かしこく成長していました。
チョウ皇帝の孫むすめ、ジャミンタ姫です。

オニカ王国の王女
ジャミンタ姫

今は、パンダの赤ちゃんの様子をみに、近くの山へのぼって帰ってきたところ。

空は青く、山からふくさわやかな風が、ジャミンタ姫のほおをくすぐります。

あしたは、おじいさまであるチョウ皇帝の、九十さいのお誕生日。

世界じゅうの王さまとご家族を招待し、せいだいなお祭りがひらかれるのです。

ジャミンタ姫は、ジュエルの特別なおくりものを自分でつくり、お祭りのクライマックスである、お祝いの式で、皇帝におわたししたいと考えていました。

(完成まであと少し。きっと、すてきなおくりものになるはずよ……！)

皇帝のおどろく顔を思いうかべながら、ジャミンタ姫は部屋へともどりました。

2 不思議な白い石

あと数時間もすれば、お客さまが宮殿へ到着することになっています。

そうしたら、出むかえや、お部屋へのご案内でいそがしくなり、おくりものをつくる時間は、もうありません。

（今のうちに、急いでしあげないと）

ジャミンタ姫は、ドレッサーのまえにすわり、表面がでこぼこした、白い石のかたまりを手にとります。

あれは数か月まえ、お友だちの王女さま、ルル姫の国をおとずれたときのこと。
月夜のどうくつで、かがやく岩をみつけたのです！

ジャミンタ姫は、おさないときから、ジュエルをつくるのが大得意。

最近では、魔法のパワーを持つジュエルだって、つくれるようになりました。

そのどうくつの岩をみたしゅんかん、ひめられた特別なパワーのようなものを感じたジャミンタ姫は、すてきなジュエルに加工してみようと、ルル姫にお願いして、ちいさな石のかけらをいくつか、持ちかえらせてもらったのです。

かけらをつなぎあわせ、ごつごつしたかたまりにまとめるところまでは順調でしたが、そのあと、角をけずって、なめらかなハートの形にするつもりが……。

（あれ？　うまくいかないわ。いつもはもっと、かんたんなのにおかしいな）

時間がせまっていてあせるあまり、つい強くハンマーをうちつけてしまいます。

「え、うそ……っ」

ピシッ という音とともに、石の一部がかけてしまいました。

（ああ……大失敗だわ。もうすぐ、お客さまが到着される時間なのに）

そのとき、ジャミンタ姫の頭に、ある人のすがたがうかんだのです。

「そうだ！ 先生なら、なんとかする方法を教えてくださるかもしれない」

ジャミンタ姫は、白い石のかたまりを持って、部屋をとびだしました。
階段をかけおり、庭へ出て、いりくんだ小道を急ぎます。
おさないとき、よく通った道です。

広い庭の向こうにあるドアへたどりつくと、コンコン コン とノックします。

ここにいるのは、皇帝につかえ、宮殿で使うジュエルをつくっている先生。

ジュエルのもとになる〝原石〟の研究もしていて、国いちばんの専門家です。

ジャミンタ姫は、数年まえまで、よくここへきては、めずらしい〝原石〟のことや、ジュエルづくりの道具の使いかたを、教えてもらっていたのです。

「おお、ジャミンタ姫。おひさしぶりです。どうぞ、中へお入りください」

その部屋には、最後にやってきたときよりもさらにたくさんの美しい〝原石〟や、ジュエルに加工するための道具がおいてありました。

ゆかの箱いっぱいにあふれるジュエルが、天井に七色の光をおどらせています。

「先生、この石をみてください。形をととのえようとしたら、少しかけてしまって」

ジャミンタ姫が白い石のかたまりをさしだすと、先生は「クリスタルの〝原石〟ですね」とつぶやき、ルーペで調べはじめました。

ジャミンタ姫は、祈るような気持ちで、先生の反応を待ちます。

しばらくすると、先生が顔をあげて、たずねました。

「この石を、どんな形のクリスタルにしあげようと、なさったのですか？」

「むかし、大広間からぬすまれたという〝オニカ・ハートクリスタル〟とおなじ

〝心の形〟にしたかったんです。祖父は、そのジュエルをとても大切に思っていたので……おなじ形のおくりものにすれば、心がなぐさめられるかな、と考えて」

ジャミンタ姫は、ときどき悲しそうな表情をするチョウ皇帝を思いうかべます。

山からヒュウウッと風がふき、まどがカタカタとゆれました。

先生は目を細め、ほほえみます。

「この石には強いパワーがあるようです。皇帝もおよろこびになることでしょう」

そして、白い石のかたまりをジャミンタ姫の手にもどし「だいじょうぶ」と、うなずきました。

「形をととのえるためにするべきことは、たったひとつ……そう、あすの夜明け、

「シルバーリバーに、石をひたすのです」

「シルバーリバーに、この石を……？」

それは、国の中心に流れている銀色の川のことで、ジャミンタ姫は、パンダの様子を観察しに山へいくとき、毎日通っていました。

「水の中へ入れるだけでいいの？　それなら、お祝いの式にまにあうわ！」

目をかがやかせるジャミンタ姫に、先生はつづけます。

「あの川の水なら、石の強力なパワーがめざめる奇跡を起こせるはずです。きっと、その石のあるべき美しい形にかわるところを、みられるにちがいありません。

夜明けというのは、奇跡がいちばん起こりやすい時間ですから」

ジャミンタ姫は、これまで何度かジュエルの魔法のパワーがめざめるしゅんかんをまのあたりにし、奇跡を起こしてきました。

でもまさか、シルバーリバーの水に、石のパワーがめざめるほどの、すごいききめがあったなんて！

先生にみおくられ、外へ出たジャミンタ姫。
「ほんとうはね、ハートクリスタルが、みつかるのがいちばんなんだけど……」
すると、先生はふっと、意味ありげな表情になりました。

「石は、おどろきにみちています。
いずれ、ハートクリスタルはもどってくるでしょう」

運命を感じさせるような言葉をきいて、ジャミンタ姫のむねが高鳴ったとき。

ガラン　ガラン……　あ！　宮殿の塔から、合図のかねの音です。

「お客さまのご到着だわ。もう、いかなくては」

先生の言葉の意味をもっとくわしくききたかったけれど、ジャミンタ姫は、お客さまを出むかえるため、エントランスへと急いだのでした。

3 お客さまのご到着

階段をあがるとちゅうで、ふと立ちどまったジャミンタ姫は、そこからみえる遠くの景色をみわたします。

つらなる山やまが、太陽の光をあびて、むらさき色にかがやいていました。

「ジャミンタや、ここにいたのか」

「おじいさま！」

チョウ皇帝が、おだやかな笑顔で上からおりてきました。

ジャミンタ姫は、白い石のかたまりをさっとかくします。

特別なおくりもののことは、まだひみつ。

あしたのお祝いの式で、チョウ皇帝をおどろかせたいのです。


ガラン　ガラン……　ふたたび、合図のかねが鳴りました。

「あそこをごらん、ジャミンタ。にぎやかになりそうじゃ」

そういって、チョウ皇帝の指さす先には、はるか向こうまでつらなる、たくさんの馬車がみえました。

丘をのぼり、石でできた門をくぐりぬけて、次つぎにお客さまがやってきます。

エントランスのまえにある、おおきな広場では、楽団がゆうがな楽曲をかなで、ご到着をかんげいしています。

最初の馬車が広場でとまり……あ！　早く会いたいと思っていた、赤い巻き髪の王女さまが、ご両親といっしょにおりてきました。

春の大舞踏会で仲よくなった、リッディングランド王国の、ユリア姫です。

「これはこれは、リッディングランド王国のみなさん。わたしの誕生日のために、遠い道をはるばる、ありがとう」

「おまねきいただき、光栄です」

チョウ皇帝と、ユリア姫のお父さまであるフィリップ王、お母さまであるマリア王妃が、ていねいにあいさつをかわしています。

するともうひとり、馬車から女の子が、ぴょんとおりてきました。

「妹のナッティよ」と、ユリア姫がしょうかいしてくれます。

ナッティ姫は、お姉さまとよく似ている、カールした赤い髪をゆらし、グリーンのおおきなひとみをかがやかせて、あたりをきょろきょろみまわしていました。

はじめておとずれたオニカ王国に、興味しんしんなのです。

「こんにちは、ナッティ姫。よろしくね」

ジャミンタ姫が声をかけると、ナッティ姫は、照れくさいのか、かわいらしくちろりと舌を出して笑いました。

広場では、到着したお客さまが次つぎに馬車をおり、チョウ皇帝とジャミンタ姫のところや、お父さま、お母さまのところへ、あいさつにやってきました。

かんげいのハニーケーキやドリンクがふるまわれ、おしゃべりがはじまります。

ふいに、背中のほうから、男の人の声がしました。

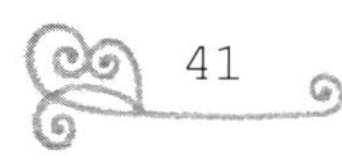

「ごあいさつ申しあげます。
チョウ皇帝」

つやのある黒いくつをはいた、背の高い男の人が、赤いマントを広げ、おつきの男性とともに、うやうやしくひざを曲げています。

「おおお、スクラント伯爵ではないか！　オニカ王国へ、よくもどられた。何年ぶりじゃろうか。なつかしいのう」

以前、オニカ王国でくらしていたのか、チョウ皇帝とは知りあいのようです。

顔をほころばせた皇帝とあくしゅをかわし、伯爵はうしろへさがります。

そのひょうしに、そこを歩いていた、ユリア姫のおつきの女性のアリーにぶつかり、アリーがはこんでいた旅行トランクを落としてしまったのですが……気づかうつもりはまったくない様子で、スタスタといってしまいました。

「アリー、だいじょうぶ？　手伝うわ」

アリーとも親しいジャミンタ姫は、たおれた旅行トランクを起こしているそばへかけよりました。

おや？　……いつもは礼儀正しいはずのアリーがだまったまま、スクラント伯爵の背中に向かって、うたがうような、するどい視線をおくっています。

ユリア姫にきいたところによると、アリーはむかし、ジュエルに関係した事件を解決する、ひみつそうさ員をしていたのだとか。

今はまるで、そのひみつそうさ員にもどったかのような表情をしています。

アリー
（ユリア姫の
おつきの女性）

（アリーのこんなにけわしい顔、めずらしいわ……どうかしたのかしら？）

ひとしきり、お客さまがたとのごあいさつをおえたチョウ皇帝が、パンパンと手をたたき、声をひびかせます。

「さあ、みなさん。宝石の国、そして山や谷にめぐまれた冒険の国でもある、オニカ王国でのひとときをどうか、思うぞんぶん、お楽しみください！」

近くにいた王子さまたちが、わああっとかん声をあげて、さけんでいます。

「冒険の国だって！　すごい冒険ができるといいなあ」

すると、ジャミンタ姫のうしろで、知っている声がきこえました。

「うふふ。わたしたちなんて、今まで何度も
〝すごい冒険〟をしてきたものね？」

いたずらっぽいひとみでウインクするルル姫と、内気にほほえむクララベル姫、そして最初に到着したユリア姫……『ティアラ会』の仲間がそろいました！

『ティアラ会』というのは、数か月まえ、春の大舞踏会で、この三人と知りあったときに結成した、王女さまの友情の活動のことです。

その活動は、こちらをみているユリア姫の妹にも、大人にも、ないしょ。

ウィンテリア王国の
クララベル姫
ユリア姫の妹
ナッティ姫
リッディングランド王国の
ユリア姫
ウンダラ王国のルル姫

『ティアラ会』はこれまで、夜の森にしかけられたわなをみつけたり、南の島でけがをしたイルカの赤ちゃんをすくったり……ひみつの冒険を、ジャミンタ姫のつくった魔法のジュエルに助けられながら、成功させてきました。

三人は、ふだんはそれぞれ、遠い国のお城でくらしています。

「きてくれて、とってもうれしいわ！　みせたい特別なものがあるの」

案内しながら、石のことを話そうとしたとき、お母さまの声がかかりました。

「ジャミンタ。お友だちに、お祝いの式で使う、おうぎを選んでもらいましょう。みなさん、わたくしについていらして」

4 おうぎの部屋で

ジャミンタ姫たちは二階への階段をあがり、おうぎの部屋へ向かいます。

「オニカ王国では、女性がおうぎを持つのは、ゆうがでうるわしくみせる、大切なお作法なんですよ」

お母さまは、はなやかなおうぎがずらりとならぶ、戸だなをひらきました。

「さあ、気に入ったおうぎを選んで、使いかたを練習してみましょうね」

ジャミンタ姫のお母さま
（オニカ王国の王妃）

レースのおうぎや、羽かざりのあしらわれたおうぎ、黒いシックなデザインのおうぎ、伝統的で大人っぽい絵がらなど、どれにするかまよいます。

「あしたの式で着るドレスにぴったりだと思うものを、あわせるとよいですよ」

お母さまにしたがって、ルル姫たち三人が、おうぎを手にとりました。

「さあ、わたくしの手本につづいて、おうぎをゆらしてみましょう。指を軽くのばして、手まえにこう、ゆっくりと動かして……」

けれど、おうぎのレッスンは、そんなに長くはつづきませんでした。

お母さまをメイドがよびにきて、部屋を出ていったからです。

「おうぎって、とってもかわいいのね」

クララベル姫が、パールと青い羽のかざりのおうぎを前後にゆらしてみせながら、うっとりとした声でいいます。

「すてきだけど、あおぐだけでは、たいくつよ」

ルル姫の言葉をきいて、ジャミンタ姫は、おもしろいゲームを思いだしました。

「そうだ。おうぎを使って、こんなこともできるのよ」

そういってくるっと手首をかえすと……おうぎは、ヒュンッ　と部屋を横ぎり、
テーブルにかざってあった、フルーツかごのオレンジをひとつ、落とします。

そのまま、まどわくのところへとんでいき、パタン　ととじて着地したのです。

「すごいわ！　おうぎって、じょうぶなのね。どうやってとばすのか、教えて」

好奇心いっぱいの王女さまたちは、さっそくおうぎをとばしはじめます。

まもなく、かごのオレンジは全部落ちて、からっぽになりました。

四人がテーブルクロスの中へもぐり、ころがったオレンジを集めていると。

コツコツ　コツ……だれかの足音が部屋に近づいてきました。

「母かしら？　みつかったら、お行儀わるいってしかられてしまうわ」

ジャミンタ姫は、出ようとしていたみんなを、あわててテーブルの下へひきもどし、外からすがたがみえないように、テーブルクロスをゆかまでさげました。

「……よくきけ。一度しかいわない。だれにもきかれたくない重要な話だ」
「はい、伯爵さま」
話しながら部屋に入ってきたのは……どうやら、ふたりの男の人のようです。
まどのそばに立つ、みがかれた黒いくつと、すりへった茶色のくつがみえます。

王女さまたちは、テーブルの下でドキドキしながら、きき耳を立てました。

「二時間後、あれをさがしに、山にのぼる。シャベルを忘れずにな」

「へ？　あれ……とは、なんのことです？　伯爵さま」

「ばかなことをきくな！　十年まえ、この国へうめたあれのことだ！」

「へ？　しかし、伯爵さま、あれはもうゆくえ不明になったのでは……」

「何をいう！　おわれていたから、しっかりさがすよゆうがなかっただけのこと。

だが、今回は絶好のチャンス。あれさえみつかれば、この国に用はないのだ」

黒いくつの男の人が、相手のにぶい反応にいらいらして、声をあらげはじめたとき、ジャミンタ姫の手に、ユリア姫の手が重なりました。

ユリア姫は、テーブルクロスの下からみえる、みがかれた黒いくつのほうを指さし、口をパクパクさせて、何かつたえたそうな顔です。

この黒いくつの主を、知っているということでしょうか……？

「あのう、伯爵さま。山には、白黒のクマがうろついているとききましたが」

「なんとおろかな。白黒のはパンダだ！　おそってくるような動物ではない。いいか、二時間後に橋の近くで会おう。めぼしい場所で、おまえがほるのだ」

男の人たちは、山をこっそりほりかえして、何かをさがすつもりのようです。

ジャミンタ姫は、なんだか、むねがざわざわしてきました。

5 さがしているもの

男の人たちがおうぎの部屋をさったあと、クロスの下からはいだした四人。

ユリア姫が興奮した様子でいいます。

「わたし、あの黒いくつのほうの声を自分の国できいたことがあるの！　この国で、何をさがしているのかしら」

ジャミンタ姫が思いあたるものを考えていると、クララベル姫が「それも気になるけど…」と、きりだしました。

「さっき、あのかたたちのいっていた、山にパンダがいるって、ほんとうのこと？　わたし、実際にみたことがないの。いけるなら、みてみたいわ！」

期待のこもったまなざしに、ジャミンタ姫はうれしくなって、うなずきます。

「パンダがいるのは、ほんとうよ。しかもね、数か月まえに生まれたばかりの赤ちゃんもいるの！　よかったら、今からみんなで、山へみにいきましょう」

王女さまたちは、宮殿の建物うらの庭へとまわり、お祝いのペーパーランタンがかざられた、あかね色の木の間を通りぬけ、コイが泳ぐ池の橋をわたります。

うら門から丘をぐるっとくだっていくと、シルバーリバーにさしかかりました。

「あ、待って！　パンダのほかにもみせたいものがあるんだったわ」

はっと思いだし、先生のところから持ったままだった、白い石のかたまりを出してみせますが……三人とも「何だっけ？」と、ぴんときていない顔です。

「ルル姫の国のどうくつでみつけた、かがやく岩のかけらでつくったのよ！」

ジャミンタ姫は橋の上で、ハートクリスタルとおくりものの説明をします。

「……それでね、石をハートの形にかえる方法がわかったの。夜明けに、ここシルバーリバーの水にひたすのよ。そうすれば、すごい奇跡が起こるはずなの！」

声をはずませ、とっておきのひみつをうちあけたつもりだったのに……。

ルル姫は……山のほうが気になってしかたがない様子でいいました。

「石の話はそれぐらいにして、早く赤ちゃんパンダのところへいきましょうよ。わたし、さっきからわくわくして、待ちきれないの！」

「パンダ？　……ええ、そうね、いきましょう」

うなずきながらも、ジャミンタ姫はがっかりしていました。

（石が変身するなんて、すごい話なのに。つたわっていないのかしら……）

ほんとうは、今すぐ、石をシルバーリバーに入れてみせたかったのですが……。

先生のアドバイスを思いだし、あしたの夜明けまでがまんすることにしました。

それから四人はパンダをみるために、うすいきりのかかった山道をのぼります。

しばらく進むと、深い谷にかかった、細いつり橋があらわれました。

「つり橋をわたるときは気をつけてね。足もとがたわんで、ぐらぐらゆれるから」

ひとりずつ、バランスをとりながら橋をわたり……さらに右の道へ進み、岩がごろごろしている森へ入ると……ガサガサッ。

どこからか、草のこすれるような音がきこえました。

「あそこをみて！」

「パンダの赤ちゃんよ！」

少しはなれた木のかげから、ちいさなパンダの赤ちゃんがのぞいています。

ぬいぐるみのようにふわふわの毛なみをして、ちょこんとすわっていました。

おくでは、お母さんパンダが背中を向けて、長い竹を食べているところです。

「オニカ王国では、パンダを貴重な動物と考えて、国で保護しているの。わたしも、あの子が生まれたときから、毎日ここへきて、様子をみまもってきたのよ」

ジャミンタ姫が、岩のぼりをはじめた赤ちゃんに、近づこうとしたときでした。

白い石のかたまりが、急にずんっと重くなったような気がして……、

ルウ ♪ ルウ ルル ルウ ララ ララ ♬

どこからか、あまくやさしい音がきこえてきたのです。

「何かしら……？　ジャミンタ姫、あなたのほうからきこえるんだけど」

ルル姫にいわれて石をみると、ブルルッブルルッ　とふるえています！

まるで、ゆれながら歌をうたっているかのようです。

らん　らん　ドウ　ドウ　んんんんん　ああああ　ルルルルル…

うたうような音は、しだいに音色がかわり、木ぎの間にひびきわたりました。

最後にゴーン　とかねのような音が鳴り、石が静かになったとたん。

ゴゴゴゴゴ……　地面がおおきくゆれはじめ、

「あぶないっ！」

たくさんの岩が、上からゴロゴロころがり落ちてくるのがみえたのです！

さいわい、四人は、うまくにげることができたのですが……。

「あれ？　赤ちゃんはどこ？　あそこは、あの子がいた場所よ」

ジャミンタ姫は真っ青になって、くずれた岩場にかけよりました。

アーアー……　山になった岩の中から、かすかななき声がきこえてきます。

岩と岩のすきまをのぞくと……パンダの赤ちゃんがもがいているではありませんか。

アウー……アー　アー……。

赤ちゃんは、助けをもとめるようにないています。足をはさまれて、ぬけだせないのでしょうか。

「待ってて。すぐに助けるからね……」

ジャミンタ姫たちは、赤ちゃんをきずつけないよう、しんちょうに岩をどかしていき、だきあげました。

「ああ、この子はラッキーよ。けがもしていないみたい」

「よかったあ。そうだ、この子の名前〝ラッキー〟ってよぶことにしない?」

ユリア姫の提案に、みんなでクスクス笑って大賛成。

お母さんパンダは少しはなれた場所にいて、事故には気づいていないようです。

岩をどかして道をあけ、地面へおろしてあげると、ラッキーは元気に歩きだし、お母さんをみつけて、いっしょに竹林の向こうへいなくなりました。

「ジャミンタ姫、その石……なぜ、あんな音を出したの?」
ルル姫が不思議そうな顔をしてたずねますが、理由は思いあたりません。
ジャミンタ姫がじっと考えていると、ルル姫の表情がくもりました。

「わたし、石のことはくわしくわからないのだけど……ラッキーがあぶないめにあったし、不吉な石かもしれない。気をつけたほうが、いいんじゃないかしら」

どうやらルル姫は、自分の国からやってきた石が、オニカ王国でわざわいをもたらすようなことがあってはたいへん、と心配しているようです。

ルル姫のいうとおり、不思議な音がしたあと、岩が落ちてきたのは確かです。

うたう石なんて、生まれてはじめて出会いましたが、ジャミンタ姫には、自分がかけらをつなぎあわせたこの石が、不吉だとは、どうしても思えませんでした。

「石がわるいせいではないわ！　絶対にちがう。音を出したのだって、きっと何かの魔法なのよ。メッセージなの！　その意味さえわかれば……」

もとの軽さにもどった石のかたまりを持つ手に、力がこもります。

「ジャミンタ姫。岩が落ちてきたのは、その石が出した音のせいだと思うわ。おおきな音は振動を起こすの。今みたいな事故がまた起こったら、たいへんよ」

という、ユリア姫の冷静な意見もそのとおりなのですが……ジャミンタ姫はまだ、自分の知らない真実が、近くにあるような気がしてなりませんでした。


「ジャミンタ姫。わたしたちはね、その石があなたにとって、ジュエルに加工しようとしている大切なものだということも、あなたがわざと石の音を出したわけではないことも、よくわかっているわ。気をわるくしないでね」

クララベル姫は、ジャミンタ姫のショックな気持ちをさっしたのでしょう。

「……ええ。みんなの気持ちはわかっているから」

と笑顔をかえしますが……ジャミンタ姫は、心から納得できてはいませんでした。

(絶対に、不吉な石ではないはず……みんなにも、そう信じてほしいのに)

おさないときから、ジュエルの〝原石〟とせっしてきたジャミンタ姫には、よい石か、わるい石かをみわける能力が、自然と身についていました。

(この石は、よい石だって、わたしにはわかるのに……)

説明する言葉がみつからないのが、もどかしくてしかたありません。

6 晩さん会

先ほどまでうっすらとかかっていたきりが、はれてきました。

ユリア姫が、空をみあげていいます。

「そろそろ、もどりましょうか。晩さん会に出るしたくをしなくちゃ」

岩がごつごつした山道をくだって、先ほどのつり橋をわたり、ふもとにあるシルバーリバーへもどってきました。

ふと、森のほうをみると……。

だれかの赤いマントがちらりとみえて、木ぎの間にすっと消えていきます。
（もしかして、おうぎの部屋にきたふたりかしら……山へいくと話していたし）

エントランスまで帰ってきたときには、もうすでに、お客さまがたをおもてなしする晩さん会の準備が、大広間にととのったようでした。
ジャミンタ姫は、先ほど山で起きたできごとを、先生に話してみようかと思いましたが……ちょうど、晩さん会のはじまりを知らせるかねが鳴ります。
今は、先生に会いにいく時間はなさそうです。
四人の王女さまたちは「急ぎましょう」と、それぞれの部屋へもどります。

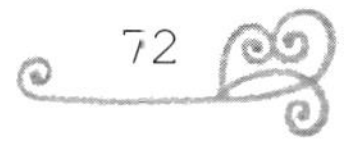

ほかの国の王さまや王妃さまとおなじテーブルにつき、お食事をいただく晩さん会には、失礼のない、特別なよそおいをととのえてのぞむのがマナーです。

オニカ王国の王女として、お客さまを席へご案内したり、ごあいさつしたりする役目のジャミンタ姫は、はなやかで動きやすい、シルクのドレスに着がえます。

しあげに、じまんのストレートの髪を念入りにブラッシングしてつやを出すと、頭の上のティアラをまっすぐになおしました。

階段のところで、クララベル姫、ユリア姫、ルル姫と待ちあわせです。

急いでしたくしたというのに、三人とも、とってもすてきなドレスすがた！

大人のかたの目を
意識して
ハイウエストで
かれんに
パールの
ベルトを
重ねづけ
ベルスリーブ
（広がったそで口）は
三人とおそろいなの
着物みたいな
まえあわせは
オニカふう
ハイウエストで
はば広の
リボンを
とめて
ゆるやかな
プリーツを
波のように
重ねて
大好きな
ローズ
モチーフの
ふちどり
クララベル姫

いつもより
おおきめカールで
ボリューム
アップ
カールさせて
ポニーテールを
ゴージャスに
アレンジ
ルル姫
オフショルダー
（広くあいたえり）
の上着を重ねて
スクエアカットの
ジュエルで
ハイウエストをマーク
スカート丈を
アシメトリーに
（左右がちがう丈）
ユリア姫

お食事をいただくときに
ゆうがにゆれるそで
ふんわりリボンを
ウエスト高めに
おおきく結んで
着物みたいに
重ねあわせるえりが
オニカふうなの
ねじってまとめた
ハーフアップで
イメージチェンジ
おもてなしをする
王女らしく
エレガントなしぐさ
ドレスの素材は
つやめきシルクと
とろみシフォン

ジャミンタ姫

「料理長がうでによりをかけてつくるコース料理がはじまるわ。お楽しみにね」

サービスされるまえのごちそうが、ワゴンにのせられているのがみえました。

三人やほかのお客さまを案内しおえ、いったん席に着こうとしたジャミンタ姫ですが……いすをひいたとき、だれかの足をふんでしまいました。

ふりかえると……背の高い男の人が、こちらをにらんでいます。

あわてて「申しわけありません」とあやまったのですが、男の人はこわい顔をしたまま、向こうへいってしまいました。

ユリア姫が「思いだしたわ」とかけよってきて、小声でささやきます。

「今の！　……おうぎの部屋であやしい話をしていた黒いくつのほうよ」

あらためて足もとを確かめると、みおぼえのある黒いくつをはいています。

「あのかた、わたしの国、リッディングランド王国にすんでいるの。名前は……スクラント伯爵、だったかしら。お城には、めったにいらっしゃらないけどね」

ユリア姫がささやくと、ルル姫がまゆをひそめました。

「おうぎの部屋でのあの会話、気になっていたの。スクラント伯爵が山でさがしているものって、何なのかしら……」

そのとき、にぎわう王さまや王妃さまのテーブルから、

「ユリアお姉さまぁ。何のお話をしているの？」

ナッティ姫が目をきらきらさせながら、近づいてきたのです。

ユリア姫は三人にしいっと合図すると、ナッティ姫にこたえます。

「なんでもないの。お姉さまたちだけのお話よ」

実は、そう遠くない未来に、このナッティ姫も『ティアラ会』のメンバーにくわわり、大活やくすることになるのですが……このときはまだ、ないしょでした。

太陽がしずみ、まどからみえる静かな空に、星がまたたきはじめました。
デザートのチョコレートアイスクリームがおわり、四人は部屋へと向かいます。
人けのない長いろうかを進んでいると、うしろからヒタヒタ　ヒタヒタ……。
足音がして、どうやらジャミンタ姫たちはだれかに、つけられているようです。

「どうしよう？　走ってにげる……？」

「今は気づいていないふりをしましょう。だいじょうぶ、歩きつづけて」

ヒソヒソ声でうちあわせながら進みますが……スクラント伯爵かもしれない、と思うと、ドキドキしてきます。

「みんなは、そのまま進んで。わたしが、正体を確かめるわ」

ジャミンタ姫はろうかにおかれたドラゴンのちょうこく像にかくれ、そして、

「わたしたちをつけるのは、やめなさい！」

黒い人かげが近づいたとき、さっととびだし、さけんだのです。

悲鳴をあげ、しりもちをついた相手を確かめて、ジャミンタ姫は息をのみます。

「アリー！

どうしたの？」


ユリア姫たちも、おどろいてかけよってきました。

「……うたがわれるような行動をして、申しわけありません、王女さまがた。

でも、尾行していたわけではないんです……このかっこうにもわけがあって」

そのあとアリーが話してくれたのは、ユリア姫さえ知らない真実でした。

「十年まえ……まだひみつそうさ員をしていたわたしは〝オニカ・ハートクリスタル〟をぬすんだ犯人をさがしていました。むずかしい事件でしたが、ついにう

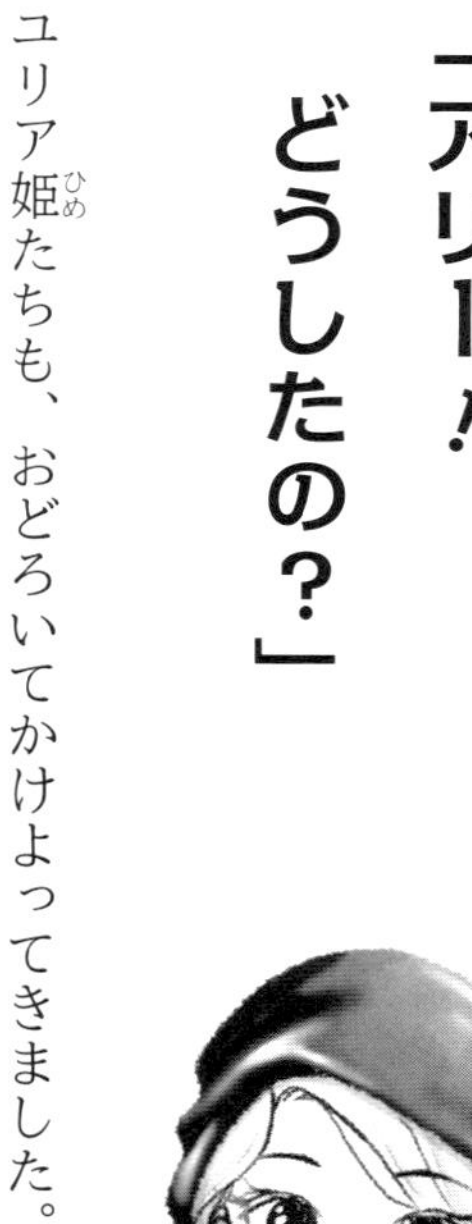

たがわしい人物をさぐりあて、その人物をおって、リッディングランド王国へわたったのです。あやしい行動をしたらつかまえようと、お城ではたらきながらみはりつづけたのですが……結局、その人物は何も行動を起こさず、事件は解決できないまま。お城での仕事が好きになったわたしは、ひみつそうさ員をやめて、今もこうしてユリア姫のおそばに、つかえさせていただいています」

アリーは、むかしを思いだすように遠い目をして「だけど」とつづけます。

「きょう、その人物をみかけ、宮殿内を調べずにはいられなくなり……でも、こんなにかんたんにみつかってしまうとは。このあたりで、やめておきましょう」

アリーがさったあと、ジャミンタ姫は「わかった！」とひざをうちました。

「うたがわしい人物って、きっとスクラント伯爵よ。山でさがそうとしていたのは、ぬすんだハートクリスタルじゃないかしら。これで、つじつまがあうわ」

「なるほど！　伯爵は十年まえ、この国にいて、ハートクリスタルをぬすんだ」

「けれど、アリーのそうさに気づき、とっさに山へうめたのね」「そのあと、リッディングランド王国へにげて、十年もの間、チャンスをうかがっていたんだわ」

山でみかけた赤いマントが伯爵だとして……もし、クリスタルをすでにみつけていたら、すぐにすがたを消すはずですが、晩さん会にいたということは……？

「クリスタルはまだ山ね。夜中にさがすのは危険だし、伯爵が行動するとしたら夜明けかも……シルバーリバーで石を水にひたしたあと、山へいってみよう」

ジャミンタ姫の計画に、ルル姫とユリア姫が口をはさみます。

「でも、伯爵がクリスタルをほりだすところをみのがしたら、しょうこをおさえられないわ」「今は石をどうにかするよりも、伯爵をみはるほうを優先すべきよ」

「……」

ジャミンタ姫にとっては、どちらもくらべられないほど、だいじなことでした。

結局、四人はふた手にわかれ、シルバーリバーにはクララベル姫がつきそってくれることになり、その間、ルル姫とユリア姫が伯爵をみはることになりました。

部屋にもどると、バルコニーのほうから、ドドーンと音がきこえてきました。

ヒュルル…
ドドーン

パンパーン
ドーン

皇帝の九十さいのお誕生日をまえ祝いする光の花が、夜空にさいています。

ふと、昼間に先生がいった、不思議な言葉がジャミンタ姫の心にうかびました。

「……いずれ、ハートクリスタルはもどってくるでしょう」

（もし、ほんもののハートクリスタルがみつかれば、最高のおくりものね……）

シュウウ　シュルルルルルル……。

地上からも、光のふん水が、ぱああっ　とふきあがります。

オニカ王国の、そして自分のこれからを、おおきくかえるかもしれない、運命の魔法にまもなく出会うことを、ジャミンタ姫は、まだ知らずにいたのでした。

7 夜明けの魔法

朝、太陽が顔を出すまえに、ジャミンタ姫は目をさましました。

みんなを起こして、エントランスへいくと……スクラント伯爵がいます！

だれかを待っている様子です。

四人をみて、ぎくっとした顔をすると、にげるように出ていきました。

「やっぱり、山へいくのよ。みうしなわないようにしなくちゃ」

四人で外へ出てみると、空の色がうっすらと、黄色にかわりはじめていました。
もうすぐ夜明け……シルバーリバーのパワーも、強まっていることでしょう。
「ジャミンタ姫、石がうまく変身するように祈っているわ」
ユリア姫がはげますように、ほほえみます。
「ええ」とこたえますが……ジャミンタ姫の気持ちは、複雑でした。
（ほんとうは、石が変身するところを、四人でいっしょにみたかったのに……）
「伯爵のほうはまかせて！　つかまえるためのロープも持ってきたのよ。あ！
山へいったら、赤ちゃんパンダのラッキーにも会えるかもしれないわね？」
わくわく顔のルル姫とユリア姫に、ジャミンタ姫のむねはさらにざわつきます。

伯爵をみはるため、四人で川へいくことをあきらめたのに、ラッキーに会えるかも、と楽しそうにするふたりの様子をみていると、もやもやしてしまうのです。

春からずっとラッキーのことをみまもってきたのは、自分なのに。

「ふたりとも！　ラッキーに近づきすぎてはだめよ。あの子、こわがりなの」

自分のものでないことはわかっているのだけど……ラッキーに会えないやきもちで、つい、とがったいいかたになってしまいました。

「もちろん気をつけるわ！　じゃあ、わたしたち、いくわね」
ルル姫はいつもどおり、明るくこたえて走りはじめました。

広場を横ぎったルル姫とユリア姫が、兵士の像のかげに身をかくし、こちらへ向かって「またあとでね」と口を動かしたのがみえます。

「わたしたちも、そろそろシルバーリバーへ向かいましょうか」

ジャミンタ姫は、クララベル姫とうら門を出て、シルバーリバーへの道を急ぎました。

夜明けのシルバーリバーは、きらきらかがやく銀色のリボンのようです。
水の上では、カモの親子がのんびりと泳いでいました。
ジャミンタ姫とクララベル姫は、川のふちへと近づき、くつをぬぎました。
ちいさな青い魚の群れが、すいすいと水の中を進んでいきます。
水面には、ふたりの王女さまのきんちょうした顔がうつっていました。
「石の形がかわるところって、まだみたことがないわ。うまくいくといいわね」
はげましてくれるクララベル姫に、ジャミンタ姫は、ちいさくうなずきました。

やってみなければ、成功するかどうかはわかりません。

でも今は、この石を変身させることが、自分の使命のようにも思えるのです。

チャプン……　ジャミンタ姫は、川の水に足を入れます。

そのまま、浅いところをゆっくり進んでいき、そっと、石を川底へおきました。

「ジャミンタ姫。形がかわるまで、どれくらい時間がかかるのかしら」

「わからない……そこまでは先生にきいてこられなかったの」

夜明けの川は、サラサラと静かに流れています。

コポコポ　コポコポ……　変化は、思ったよりもすぐにあらわれました。

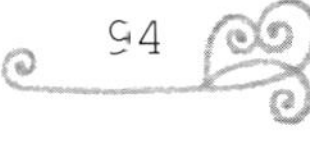

川の底で、みるみるうちに、石がおおきくふくらんでいったのです。

それはまるで、石の中で長い間ねむっていた、真実のパワーがよびさまされ、ときはなたれようとしているかのようでした。

やがて、石は流れにさからい、生きもののようにゆらゆらとゆれはじめます。

「クララベル姫。白い石が、とうめいのクリスタルにかわったわ！」

水の中できらっとかがやく、すきとおったジュエル……。
目をみはるふたりのまえで、石のかたまりはついに、変身をおえたのです。
ジャミンタ姫はふるえる指で、生まれたてのクリスタルをすくいあげます。

なんて神秘的な、しゅんかんでしょう……。

ふりそそぐ朝日をあびて、この世のものとは思えないほど、こうごうしくかがやくクリスタル。

光る星のような形になったそのクリスタルは、ジャミンタ姫が思いえがいていたハートの形とはちがいました。

でも、これまでにみたことのない、奇跡のように美しい形です。

「〝星のクリスタル〟……これが白い石の、真実のすがただったのね……」

それは、ジャミンタ姫にとって、運命のジュエルとの出会いでした。

8 奇跡のあとに

シルバーリバーの向こうに、お母さんパンダらしきかげがあらわれました。川に水を飲みにやってきたようです。

「パンダが山からおりてくるなんて、めずらしいわ。ラッキーもいる？」

向こう岸をよくさがすと……。

ちょうど、ちいさな赤ちゃんパンダが草の上をぴょんぴょんはねながら、川へおりてくるのがみえました。

ラッキーは、頭をさげて水を飲みはじめます。

川へ落ちないように、じょうずに飲みおえると、草の上に、おしりをついてすわりました。

ふわふわの白いおなかを、足でかいています。

あ！　今度は、ミツバチをつかまえようとして、コテンッと、ひっくりかえってしまいました。

山へもどろうとするお母さんのそばで足をバタバタさせているラッキーに、クララベル姫が笑います。

「むじゃきね。ずっとみていたいくらい、かわいいわ」

ジャミンタ姫は、うれしくてしかたありません。

奇跡の体験のあとに、赤ちゃんパンダに会える機会にまでめぐまれるなんて！

「そうね、クララベル姫。でも、まだ大切な冒険が残っているわ。スクラント伯爵のほうは、どうなったかしら……？」

ルル姫とユリア姫の動きが気になったとき。

ふいに、右手の小指にネイルアートしてある、ちいさなハート形のエメラルドが、きらっきらっと点めつするようにかがやきはじめました。

クララベル姫の小指のサファイアも、おなじようにかがやいています。

これは『ティアラ会』のメンバーが、おそろいでつけている魔法のジュエル。

春の大舞踏会で三人と出会ったときにジャミンタ姫がつくったもので、気持ちの通じあった仲間どうしなら、心から心へ声をとどけることができるのです。

ユリア姫は深い赤色のルビー、ルル姫は明るい黄色のイエロー・トパーズを、それぞれネイルアートしています。

ジュエルを通じて、心にきこえてきたのは、ユリア姫の声でした。


「ジャミンタ姫、クララベル姫、きこえる？

伯爵たちがそちらへ向かっているの。

みつけたら、おいかけて！」

まもなく、スクラント伯爵と、シャベルをかついだ、おつきの男性がシルバーリバーにかかる橋へ近づいてきました。

ジャミンタ姫とクララベル姫は目くばせをすると、伯爵に気づかれないように木のうしろにかくれながら、こっそりと、あとをおいます。

橋をこえたところで、地図を広げた伯爵が、いばった声で指示を出しています。
「谷にかかるつり橋をわたったら、右へ曲がる。次に、めじるしをさがし……」
ジャミンタ姫が、伯爵たちの会話をもっとよくきこうと、近づいたとき。
パチンッ　と足もとの小枝が音を立て、伯爵がこちらをふりかえりました。

「これはこれは……王女さまではありませんか。なぜ、ここへ？　ひょっとしてわたしをつけてきたのですかな？　……**今すぐこの場をさるんだ！**」

急におどすようなこわい表情にかわり、どなり声をあげてきた伯爵。

川岸に残ってあそんでいたラッキーを乱暴につかみあげ、にやりとしました。

—そういえば……きのうも、山へパンダをかわいがりにいっていましたな？　わたしたちもぐうぜん山におりましてね、王女さまがたをみかけましたぞ」

(帰り道でみた赤いマント……やっぱり、スクラント伯爵だったのね！)

伯爵はずるい目をして、いいはなちます。

「これ以上わたしをおってきたり、だれかにつげ口したりしたら、こいつの命は

「ありませんぞ。**がけから投げすて、二度と会えなくしてやる！**」

伯爵は、いやがってもがくラッキーをかかえ、山道をのぼっていきました。

「はあっ、おいついた！」「伯爵と話していたようだけど、何をいわれたの？」

かけつけてきたルル姫とユリア姫が、息をきらしてたずねます。

「たいへんなの！　わたしのせいで、ラッキーが……なんとかしなくちゃ」

ジャミンタ姫は、ラッキーを助けだす方法を必死で考えていました。

「そうよ……今、わたしがやるべきことは、ただひとつ。これしかないわ！」

思いきったアイディアが、頭にうかんだのです。

「〝星のクリスタル〟とラッキーをこうかんしてもらうの！」

クララベル姫が「そんな……」と、おどろいた顔をします。

「おじいさまのためにつくったクリスタルを、伯爵にわたしてしまうなんて」

「ねえ、ふたりとも。〝星のクリスタル〟って……？」

ジャミンタ姫は、クリスタルを出して、ルル姫とユリア姫にみせます。

ふたりは「信じられない！」というように、目をみひらきました。

シルバーリバーの奇跡で生まれた、すばらしいクリスタルを、チョウ皇帝にお

わたしできないのは残念ですが……ジャミンタ姫はもう、心を決めていました。

「今は、ラッキーの命を守ることが、いちばん優先すべきことだからね」

山道を進んだ四人は、谷のつり橋のところで「え！」と足をとめました。

「橋がこわされているわ。向こうへわたったあと、伯爵がロープをきったのよ」

きっと、おいかけてこられなくするための、わる知恵でしょう。

でも、こんなことであきらめる『ティアラ会』ではありません。

運動神経ばつぐんのルル姫が、注意深くがけをおりたかと思うと……今度は、向こうがわのがけへのぼり、ロープをしっかり木に結んで、先っぽを投げます。

最初にクララベル姫、つづいてユリア姫がロープにつかまり、とびこえました。

最後にジャミンタ姫も、ロープにつかまり、いきおいよくジャンプ！
あらためて下に視線をうつすと、深い谷底がみえました。
向こうまでとんでいけるか、急に心配になりましたが……。

ルル姫たち三人の手が、ジャミンタ姫をぐっとひきよせてくれて、ひと安心。

しばらく進むと「急げ、のろま！」という、どなり声がきこえてきました。

「シャベルが重くて歩きづらいんですよ～、伯爵さま」

息ぎれしながら返事をするおつきの男性に、伯爵は、足をふみならしています。

「おまえは、あばれるこいつをはこばなくていいだけ、ましだ。王女たちがこないなら、今すぐがけ下へ投げすててやるのだが……まあ、あとのお楽しみだ」


やがて、スクラント伯爵は、森の中のひらけた場所で立ちどまりました。

「さあ、ここだ。あれをほりだせ！　そしたら、こいつをがけから……ふふふ」

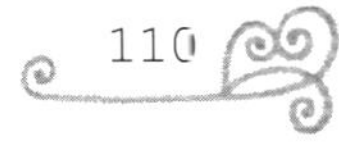

そこは、ぐうぜんにもきのう、岩がくずれた場所でした。

(早く、ラッキーを安全なところにひなんさせなくては)

ジャミンタ姫はかくれていた場所からとびだし「待ちなさい!」とさけびます。

「これは〝星のクリスタル〟。その子をはなすなら、これはあなたのものよ」

伯爵は、ジャミンタ姫の手にある美しいジュエルをみたとたん、心をつかまれたような顔になり、ばっと〝星のクリスタル〟をうばいとりました。

「すばらしい……! これさえあれば、真の大金持ちだ!」

ふふふっと笑い、もがくラッキーを、むぞうさに地面へほうりなげます。

ジャミンタ姫がすぐにかけよって、ラッキーをだきあげたとき。

ルゥ
ルルルゥ
ルゥららん
ドゥドゥんんんん
ららららら
あ～ああ

それは〝星のクリスタル〟からきこえてくる音でした。

音は、風にただよう歌のメロディーとなり、まるで、何かをさがしもとめ、よびかけているようにも思えました。

「ひぃぃいっ、なんだ、この石は……気味がわるいぞ！」

伯爵はクリスタルを投げすて、耳をふさいでにげていきます。

すると、歌は、やむどころか、ますますおおきくなりました。

大地がゆれはじめ、ごつごつした岩のはへんが地面にぶつかります。

ルルルルル

そのとき、耳をつんざくような、高い音がひびきわたりました。

キィーーン♪

ララ

そして、ゴゴゴゴゴ……足もとから地ひびきがきこえたかと思うと、大地がさけはじめたではありませんか！

「きゃあああ」「みんな、こっちよ。ひなんして！」

はげしい大地のゆれが、ようやくおさまったとき、石の歌も消えていました。

ジャミンタ姫たちはおそるおそる、さけた地面の穴をのぞきこみます。

「みて、あそこ。何かあるわ！」
「……ハートの形？」
「ひとつ、ふたつ……四つ」
え！ まさか……

〝オニカ・ハートクリスタル〟？

ここでもルル姫がさっと穴から、四つのジュエルをひろってわたしてくれます。

「ハートの中心に、ほのおのようなきらめきがある……祖父にきいたとおりよ」

もしかしたら〝星のクリスタル〟は、〝オニカ・ハートクリスタル〟が、このあたりにねむっていることを、知っていたのかもしれません。

だから、ハートクリスタルの近くへきたとき、歌をうたってよんだのです！

ジャミンタ姫は、三人にハートクリスタルをひとつずつわたし、ほほえみます。

「みんなで祖父にみせましょう。〝星のクリスタル〟のよびかけにこたえて、土の中のハートクリスタルがあらわれるなんて……奇跡のおくりものだわ！」

9 お祝いの式

四人は、ラッキーが無事にお母さんパンダのもとへ帰るのをみとどけてから、急いで山道をくだります。

門をくぐると、広場にはおおぜいの人が集まり、かん声をあげていました。

「チョウ皇帝がステージにいらっしゃるわ。お祝いの式がはじまるみたい!」

兵士の像にのぼり、高いところから確かめていたルル姫が教えてくれます。

「さあ、ルル姫、ユリア姫、クララベル姫。祖父のところへいきましょう」

そこへ、四人に気がついたジャミンタ姫のお母さまが、近づいてきました。

葉っぱやどろがついてしまったドレスをみて、顔をしかめます。

「あなたがた！　今までどこへいっていたんです？　お祝いの式がはじまるというのに、髪に枝がささっていますよ。きちんとおしたくしていらっしゃい」

「お母さま。わたしたち、おじいさまにおみせしたいものがあって……」

「着がえるのが先です。一国の王女として、この場にふさわしいドレスを着て、身だしなみをととのえてから、皇帝のまえへ出るべきよ」

はやる気持ちをおさえ、王女さまたちが人ごみをよけて部屋へいこうとすると。

「……おや？　そこにいるのは、わたしの孫むすめではないか」

クリスタルのパワーのせいなのか、ステージにいる皇帝から声がかかりました。

「ジャミンタ、こちらへきなさい」

四人は、ドレスについた葉っぱをはらい、人びとの間をぬってステージへ。

おおぜいの王さまや王妃さま、国じゅうの人びとがみまもる中、チョウ皇帝へお祝いの言葉とともに〝星のクリスタル〟を、手わたしました。

そして次に〝オニカ・ハートクリスタル〟をさしだしたのです。

それはこの先、永遠に語りつがれることになる、歴史的なしゅんかんでした。

「ジャミンタ、
こちらへ
きなさい」

「お誕生日おめでとう
ございます。
シルバーリバーで
生まれた
〝星のクリスタル〟
です。
そして……」

「その〝星のクリスタル〟が
土の中にねむっていたこのジュエルを

よびさまして
くれました」

「おおお……これは……。

〝オニカ・ハートクリスタル〟じゃ！」


国の、大切なたからものがぬすまれてから、十年。

ずっとさがしつづけてきたハートクリスタルが、ついにみつかったのです！

ステージでの様子をみまもっていた人びとにも、どよめきが走りました。

「ゆくえ不明になっていた、あのジュエルなのか」「夢をみているようだ……」

太陽の光をあびたハートクリスタルと〝星のクリスタル〟は、チョウ皇帝の手の上で、まるで姉妹のように仲よく、きらきらとかがやいています。

「なんと、おどろきの多い……こんな日は、九十年生きてきて、はじめてじゃ」

「ジャミンタと三人の王女たちよ。よくぞみつけだしてくれた」

この奇跡は、いつもクリスタルのようなすんだ心で、まっすぐに正しい道を歩いてきたジャミンタ姫たちにさずけられた、運命の魔法にちがいありません。

「ドレスをそんなによごさなくても、方法があったはずでしょうけどね」

そばへきて小声でお説教をするお母さまに、ジャミンタ姫はかたをすくめます。

「でもね、お母さま。わたしたち、山でとってもたいへんな冒険をしてきたの。赤ちゃんパンダの命を守るために〝星のクリスタル〟も〝オニカ・ハートクリスタル〟も、すべて手ばなすところだったんだから」

すると、チョウ皇帝は「ハッハッハ！」と大笑い。

「なるほど、ジャスミンタらしい選択じゃな。そうじゃ、おまえたちに、このハートクリスタルの真実のパワーを教えてあげようかの」

そういって、四つのハートクリスタルを、四人の王女さまに、もう一度ひとつずつ、手わたしたのです。

10 真実のパワー

「クリスタルに、そうっと息をふきかけてみるのじゃ。真実のパワーがあらわれるじゃろう」

意味ありげにほほえむ、チョウ皇帝。ジャミンタ姫たちは、おたがいに顔をみあわせ、うなずきます。

ドキドキしながら、ハートクリスタルを顔に近づけ、ふうっと息をふきかけると……。

不思議なことが起こりました！
色のない、とうめいなハートクリスタルが、ふわあっと色づきはじめたのです。

ジャミンタ姫のハートクリスタルは、森の緑を思わせる深いエメラルド色に。

ユリア姫のハートクリスタルは、赤いバラの花のようなルビー色に。

クララベル姫のハートクリスタルは、海のようなこいブルーのサファイア色に。

そして、ルル姫のハートクリスタルは、お日さまを思わせる、明るいイエローのトパーズ色へと、かわりました。

「わたしたちの、小指のネイルジュエルとおなじ色だわ……」

ジャミンタ姫は、ルル姫たちだけにきこえるように、そっとささやきます。

「ハートクリスタルはな、その人の持つ、心の色をうつしだしてくれるのじゃ」

チョウ皇帝が、満足そうにうなずきました。

「仮に、よこしまな心を持った人間が、ハートクリスタルに息をふきかければ、どす黒い色にかわり、悪事をあばくことじゃろう。しかし、おまえたちはみんな、清らかで、まっすぐな、美しい心を持っているようじゃな」

人びとから、はく手とかん声がわきおこりました。

「さて、ジャミンタ」

チョウ皇帝が、ジャミンタ姫の手の上に〝星のクリスタル〟をおきました。

「これは、おまえが持っていなさい。わたしはここに〝オニカ・ハートクリスタル〟がもどってきただけで、じゅうぶんじゃ」

おどろくジャミンタ姫に、皇帝がつづけます。

「そのクリスタルは、土の中にねむっていた〝オニカ・ハートクリスタル〟をよびさますほどの、強いパワーを発揮したのじゃろう？　それならば、このクリスタルの持ち主は、おまえがいちばんふさわしいのじゃ」

皇帝は、おじいさまらしい、やさしくおだやかな目でほほえみました。

きっと……〝星のクリスタル〟の強力なパワーが、いつの日か、国をおさめることになるであろう、孫むすめの助けになると、考えたのでしょう。

ジュエルは、正しい持ち主のもとにあるとき、もっとも強いパワーを発揮するものなのです。

チョウ皇帝が、おつきの人びとに〝オニカ・ハートクリスタル〞を、大広間のケースへもどすようにと、指示を出しています。

からっぽだった場所に、四つのクリスタルがおさめられるのは、まもなくです。

オニカ王国の人びとのたから〝オニカ・ハートクリスタル〞は、十年の月日をへて、ついに正しい場所へとかえってきたのです。

「人の心にあるほんとうの気持ちをみぬく力」をとりもどした人びとならば、もう、とりつくろったでたらめや、心ないうわさ話にまどわされることなく、みためやうわべではない真実に、自分で気づけるようになることでしょう。

「王女さまがた、すばらしいことです！」

かけよってきたアリーは、目をうるませています。

「わたしは〝オニカ・ハートクリスタル〟の事件をきちんと解決できなかったことを、ずっとくやんできました。でも、きょう、王女さまがたが、わたしのかわりにクリスタルをみつけてくださいました。これで、心からほっとできます」

どうやら、しあわせになったのは、オニカ王国だけではなかったようです。

（あの白い石のかたまりが、こんな運命をもたらしてくれるなんてね）

ジャミンタ姫は〝星のクリスタル〟に「ありがとう」とつぶやきました。

11 祝福のとき

部屋へもどったジャミンタ姫は、新しいシルクのドレスにそでを通します。チョウ皇帝の九十さいのお誕生日をはなやかにお祝いするためにあつらえた、特別な一着です。

長い、つややかな髪には、大好きなお花のティアラがきらめいていました。

正装のしたくをおえた王女さまたちは、おうぎを持ち、式へ向かいます。

神秘の川
シルバーリバーの絵
山につもる
初雪のように
きらめくクリスタル
ジャミンタ姫
タッセル(ひもをたばねた
ふさかざり)使いで
きりっとハンサムに

きちんと感のある
スタンドカラー
(立ちえり)

お祝いのための
オーダーメイドで
したてたドレス

こい色と
あわい色を
くみあわせて
アクセントに

緑色の
光沢シルクに
ゴールドの
フラワーもよう

女性がおうぎを
持つのは
国につたわる
大切な習慣よ

やわらかレースや
チュールも
たっぷりと

広場の風にそよぐ
羽衣みたいな
ショール

ルル姫
だいたんなベアトップ（かたを出した）ドレス
リボンを着物のおびみたいにおおきく結んで
パンダの耳をイメージしたヘアアレよ♪
レッド×ゴールドのおうぎをおかりしたの
まえとうしろでスカート丈がちがうのよ

くるんとねじって
アップにまとめた
アレンジで
大人っぽく

パールと
青いやわらかな
羽でかざられて
いるおうぎ

ひもかざりは
四人共通の
リンクコーデよ

ジュエルの
ローズでかざった
ピンク色の
ドレス

サッシュベルト
（かざりおび）で
エレガントに

タイトな
シルエットの
マーメイド
ライン

クララベル姫

ドレスは
おうぎの
色とおなじ
ペールブルー

四人のすがたは、先ほどまで山道を走ったり、危険な谷をロープでとびこえたりしていた、勇かんさとはまたちがう、大人びたあでやかさにあふれていました。

広場では、そこにいる人びと全員で、ハッピーバースデーの歌をうたい、九十さいをむかえたチョウ皇帝を、心から祝福しました。

そして、十二段もある、おおきなバースデーケーキもふるまわれたのです！

＊　＊

あのあと、スクラント伯爵は……ジャミンタ姫たちの証言もあり、〝オニカ・ハートクリスタル〟をぬすみだしたうたがいで、調べられることになりました。

りっぱそうな外見をし、目上の人に礼儀正しくするのとはうらはらに、欲深く、自己中心的な心の持ち主だということが、人びとに知られることになったのです。

それからもうひとつ、アリーが教えてくれた真実があります。

実は〝オニカ・ハートクリスタル〟は〝星のクリスタル〟とおなじ、ルル姫の国、ウンダラ王国からはこぼれた石でつくられたものだというのです。

チョウ皇帝の手の上で、五つのクリスタルがまるで姉妹のようにかがやいてみえたのは、そのせいだったのかもしれません。


ジャミンタ姫は『ティアラ会』でこれまで起こったことを思いだしていました。

数か月まえ、春の大舞踏会で出会い、すぐに仲よくなった四人の王女さまたち。

ルル姫の国で〝星のクリスタル〟のもととなる、かがやく岩をみつけたこと、
そして〝星のクリスタル〟が生まれ、ハートクリスタルをよびさましたこと……。
すべては、ジュエルがもたらしてくれた、運命の魔法のような気がします。
ジャミンタ姫は、石が歌をうたったときも、シルバーリバーで変身したときも、
伯爵にラッキーをつれさられたときも、いつだって、クリスタルのようなすんだ
心で真実をみきわめ、とるべき行動を正しく判断しながら、つき進みました。
すると、思いもよらなかった奇跡にまで、めぐまれたのです！

「石は、おどろきにみちています」

ジュエルづくりの先生の言葉が、ジャミンタ姫の頭にうかんできました。
これから先、どんな魔法のジュエルに出会うのでしょうか。
かわいくてかしこくて勇気ある女の子たちの冒険は、まだまだつづきそうです。

さて、運命のクリスタルをめぐる物語は、これでおしまい。
でも『ティアラ会』には、まだまだ思いがけない冒険が待っています。
不思議な魔法のパワーをひめたジュエルも、たくさん登場するのですが……。
それはまた、いつかのお楽しみに。

確かな
ことをみわけられる
強さこそ

真実にたどりつく道。

Princess
of
Tiara

ティアラ会おまけ報告

お話でしょうかいしきれなかったうら話を、あれこれレポートします。

そびえたつ12段のバースデーケーキ♪

チョコレートファッジや、チェリー&レーズンのトッピング、トフィーにジンジャーレモンなど、一段ごとにちがう味を楽しめます！

ケーキといっしょに、あまずっぱいレモネードもふるまわれたのよ！

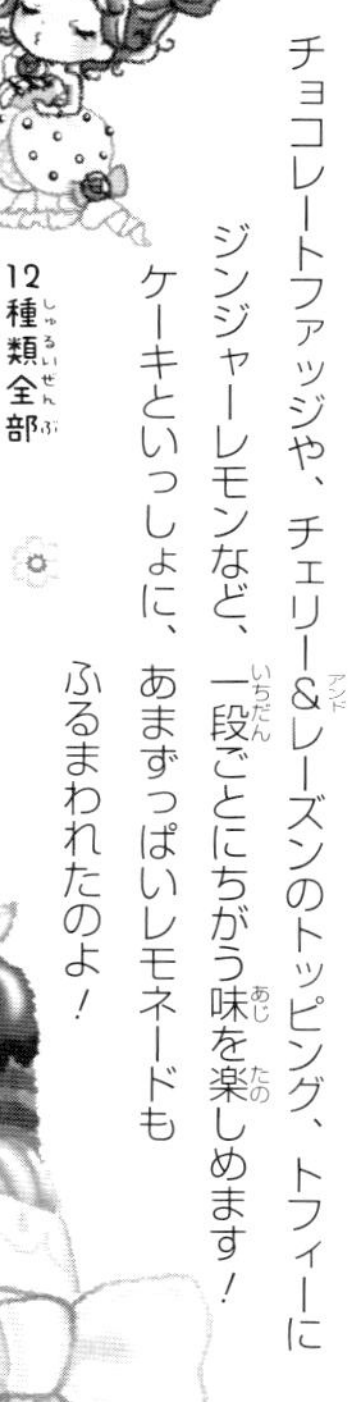

おうぎとばしの わざ！

おうぎを選んだ部屋で、母のいないすきに、ひろうしました。オニカ王国の伝統のゲームなのよ。

← 風をきって いきおいよく とんだわ！

← まるで、水にうかぶ都みたいでしょう？

冒険のスタートは水の上のお庭

パンダの山へ向かうときに通ったお庭は広場からみると建物のうらがわにあって、池にきれいなコイがいたり、アーチをえがく橋がいくつもかかっています。

お庭を照らすペーパーランタン

木の枝や室内には、お祝いの赤や金色の紙のランプもデコレーションされました。

→夜は明かりがほんのりともってロマンチック♪

スクラント伯爵は…

にげようとしていたところを、警備員につかまえられました。

持っていたトランクには宮殿からぬすんだものがいっぱい入っていて……どろぼうと証明されたの↓

原作：ポーラ・ハリソン

イギリスの人気児童書作家。小学校の教師をつとめたのち、作家デビュー。
本書の原作である「THE RESCUE PRINCESSES」シリーズは、
イギリス、アメリカ、イスラエルほか、世界で175万部を超えるシリーズとなった。
教師の経験を生かし、学校での講演やワークショップも、精力的にとりくんでいる。

THE RESCUE PRINCESSES: THE STOLEN CRYSTALS by Paula Harrison
Text © Paula Harrison, 2012
Japanese translation rights arranged with Nosy Crow Limited through Japan UNI Agency.,Tokyo.

王女さまのお手紙つき

星のジュエル 運命のジュエル

2018年2月20日 第1刷発行　　2021年7月30日 第3刷発行

原作　ポーラ・ハリソン
企画・構成　チーム151E☆
絵　ajico　中島万璃

翻訳協力　安田 光
作画指導・下絵　中島万璃
編集協力　谷口晶美
石田抄子
安田 光

発行人　小方桂子
編集人　芳賀靖彦
編集担当　北川美映
発行所　株式会社 学研プラス
〒141-8415　東京都品川区西五反田2-11-8
印刷所　図書印刷 株式会社　サンエーカガク印刷 株式会社

●この本に関する各種お問い合わせ先
本の内容については、下記サイトのお問い合わせフォームよりお願いします。
https://gakken-plus.co.jp/contact/
在庫については　Tel 03-6431-1197（販売部）
不良品（落丁、乱丁）については　Tel 0570-000577
学研業務センター　〒354-0045　埼玉県入間郡三芳町上富279-1
上記以外のお問い合わせは　Tel 0570-056-710（学研グループ総合案内）

© ajico　© Mari Nakajima 2018　Printed in Japan
本書の無断転載、複製、複写（コピー）、翻訳を禁じます。
本書を代行業者等の第三者に依頼してスキャンやデジタル化することは、
たとえ個人や家庭内の利用であっても、著作権法上、認められておりません。

学研の書籍・雑誌についての新刊情報・詳細情報は、下記をご覧ください。
学研出版サイト　https://hon.gakken.jp/